Siggi Selector

Kulturausflug

Sex oder Kultur

Suff und Puff in Songs und Literatur

Ein kleiner Kulturausflug

von

Impressum

Buchtitel:

Sex oder Kultur

Suff und Puff in der Kunst

Autor:

Siggi Selector © 2020

www.instagram.com/siggi.selector
www.facebook.com/siggi.selector
www.twitter.com/SiggiSelector

Titelfoto:

Yolanda © Laurin Rinder, Dreamstime.com

Bibliografische Information der Deutschen Nationalbibliothek:
Die Deutsche Nationalbibliothek verzeichnet diese Publikation in der
Deutschen Nationalbibliografie; detaillierte bibliografische Daten sind
im Internet über http://dnb.d-nb.de abrufbar.

Herstellung und Verlag:

Books on Demand GmbH, Norderstedt

ISBN: 9783751907927

Inhalt

Ein kleiner Ausflug in die Kulturwelt

Nachts um halb eins

Monatsanfang, endlich ist das Geld auf dem Konto. Ich hol mir gleich mal einen Batzen Geld ab, damit ich mal wieder ausgehen kann, ohne aufs Geld achten zu müssen. Außerdem ist Wochenende, Freitag, und ich muss erst am Montag wieder arbeiten. Heute wird die Nacht zum Tag gemacht!

Nach Sonnenuntergang ziehe ich los. Der Weg führt mich in die Mannheimer Neckarstadt West, durch die Mittelstraße. Ich komme an zahlreichen Imbissbuden, Kiosken und Kneipen vorbei, die noch zur späten Stunde geöffnet haben.

Die Türen zu den Kneipen stehen offen, ich kann im Vorbeigehen hereinsehen. Viele Kneipen werden von Nicht-Deutschen betrieben. Die Inhaber dieser Kneipen sind Türken, Griechen, Spanier, Italiener, Polen, Albaner, Serben, Kroaten, Bulgaren, Rumänen und die, die ich vergessen habe zu nennen.

Selbstverständlich werden die Kneipen auch von den entsprechenden Landsleuten besucht. In Bulgarischen Kneipen spielt Chalga Musik und in Rumänischen Kneipen hört man Manele. Natürlich extralaut.

Im Café Elena sitzt ein Bulgare an der elektrischen Orgel und spielt türkische und bulgarische Musik. Ich trete ein, denn mein Kumpel Walter ist auch hier. Walter hat hier eine Bulgarin kennengelernt und eine Beziehung mit ihr angefangen, die immerhin fast ein halbes Jahr andauerte. Bis er sie durch eine andere Bulgarin ersetzte. Seitdem kennt Walter alle Bulgarischen Kneipen in der Neckarstadt West und alle Bulgaren kennen ihn.

Beim Song „Aisa, Aisa" flippen alle aus und die Männer tanzen mit dem Whiskeyglas in der Hand zur Musik, und die Bordsteinschwalben gesellen sich zu ihnen und versuchen lachend und kreischend die Männer für sich zu begeistern.

Diana versucht mich zu einem gemeinsamen Toilettenbesuch zu überreden, aber ich amüsiere mich auch ohne ihren angebotenen Blow-Job ganz gut.

Inzwischen ist es halb eins und ich habe noch kein Mädel bzw. keinen Blow-Job gehabt, aber das macht nichts, denn ich bin mir sicher, es findet sich noch ein Girl. Ich will, dass sich heute Nacht noch eine auf meinen Schwanz setzt, und ich weiß auch schon, wo ich diese eine finden werde.

Ich lasse Walter bei den Bulgaren zurück und ziehe weiter die Mittelstraße hinauf. Dann biege ich ein, in die Lupinenstraße.

In der Lupinenstraße sind alte Häuser, die funktionieren wie Hotels, aber nur Dirnen haben sich hier Zimmer gemietet. Die Männer bummeln durch die Hotels, als würden sie sich alle Zimmer ansehen wollen aber eigentlich sind sie auf der Suche nach einer Frau, die so aussieht wie die Frau ihrer Träume. In der Rotlichtszene bezeichnet man diese Hotels als Laufhäuser.

Wenn du durch die Lupinenstraße bummelst, kommst du an den Laufhäusern vorbei und auch an den Fenstern, in denen lebendige Schaufensterpuppen stehen. Die Puppen präsentieren Miederwäsche, Bikinis, Negligees, Babydolls oder andere Reizwäsche aus dem Sexshop. Im Gegensatz zum Kaufhaus kannst du aber nicht die Kleidung kaufen, die die Schaufensterpuppen tragen, sondern die Puppe selbst. Du kannst sie für eine Weile mieten und fragen, ob sie Sex mit dir machen würde. Wenn du alle Puppen zählen würdest, die an den Fenstern und in den Türen der Laufhauszimmer stehen, wären es wohl über hundert, die sich hier anbieten.

Am Anfang der Straße sind zwei Kneipen und am Ende der Straße auch wieder zwei und zwischen diesen Bars sind diese Laufhäuser mit den Freudenmädchen.

Man nennt sie deshalb Freudenmädchen, weil sie sich freuen, wenn sie ein bisschen Geld verdienen, das sie von dir erhalten damit sie dir eine Freude bzw. einen Orgasmus machen.

Amüsiert vom Gedanken, dass ich bald zu solch einem Genuss kommen werde, schlendere ich langsam die Lupinentrasse hinauf und erlaube mir die Freiheit, meine Suche auf ein sexy Blondinchen zu beschränken. Ansonsten hat man zu sehr die Qual der Wahl.

Schließlich komme ich an einem Fenster vorbei, in dem eine Blondine steht, die echt sexy Kurven und auch feine Gesichtszüge hat. Sie hat auch keine Tattoos an Armen und Beinen und wirkt daher eher wie ein braves Mädchen, obwohl sie nur ein sehr kurzes Miniröckchen und das Oberteil eines Stringbikinis trägt, das gerade groß genug ist, um die Brustwarzen zu verstecken.

Eigentlich ist es selten, dass brav aussehende Mädchen um diese Uhrzeit in einer verruchten Gegend am offenen Fenster stehen, aber hier in der Lupinenstraße werden Träume wahr gemacht.

„Wow, die gabel ich mir auf", denke ich und trete heran an ihr Fenster und sehe zu ihr hinauf.

„Kommst du rein?", fragt mich die Kleine, und ich sage nicht „nein".

Im Zimmer stellen wir uns vor. Marianne fragt mich, wie lange ich bleiben will und nennt die Preise für unterschiedliche Verweildauern. 20 Minuten für 30€, halbe Stunde 50€ oder ganze für 100 €.

„Hier hast du 30 € für zwanzig Minuten, aber wenn es mir gut mit dir gefällt bleibe ich auch länger, dann bekommst du mehr."

Das ist ein Deal der ihr gefällt und sie will sich ausziehen aber ich bitte sie, damit zu warten. Sie hat ja sowieso nichts an, außer das Oberteil, das Miniröckchen und die hohen Schuhe.

Ich ziehe mich aus, nehme sie im Stehen in die Arme und dann beginne ich an ihrem Bikinioberteil zu spielen: Nippel Alarm an, Nippel Alarm aus.

Sie erkennt mein Spiel und lächelt mich an. Nippel Alarm von links, von rechts, Nippel Alarm linker Busen, rechter Busen, beide Busen. Dann lege ich den ganzen Busen frei, indem ich das bisschen Bikinistoff seitlich neben die Brüste schiebe.

Jetzt soll sie sich auf das Bett stellen, wie auf eine Bühne. Sie zieht sich die hohen Schuhe aus und für einen kurzen Moment steht sie in ihrer echten Körpergröße vor mir, die Kleine. Vorher war sie ungefähr so groß gewesen wie ich, plötzlich ist sie 20 Zentimeter kleiner.

Aber nur einen Moment, denn schon steht sie auf dem Bett und balanciert auf der schwankenden Matratze. Habe ich vorher Nippel Alarm gespielt, kommt nun ein anderes Spiel: Upskirt, Downskirt.

Also Röckchen hoch, Röckchen runter. Erwischte ich bei Nippel Alarm einen Blick auf ihre Brustwarzen, so erwische ich nun „verbotene" Blicke unter ihren Rock. Siehe da, sie trägt kein Höschen.

Die beiden Spiele Nippel Alarm und Upskirt machen mich geil genug für einen Szenewechsel und ich gebe Marianne ein Zeichen, indem ich ihr mein erigiertes Glied zeige.

Wie ein braves Mädchen tut sie kurz so, als wäre sie erschrocken aber dann beweist sie, dass sie sich mit so einem Männergerät auskennt. Sie klettert vom Bett runter, holt ein Präservativ vom Tischchen, setzt sich auf die Bettkante, vor mich, stülpt das Gummi drüber und beginnt das Blaskonzert. Das genieße ich aber nur kurz, denn in dieser Sitzstellung kann ich ihre Schönheit nicht sehen.

Mit einem Griff an ihre Schultern mache ich ihr klar, dass sie sich nun auf den Rücken legen soll und sie tut es. Ohne eigentlich ihren Sitzplatz zu verlassen, legt sie sich auf den Rücken und nimmt die Beine hoch.

Ich selbst stehe noch vor dem Bett und spiele wieder kurz Upskirt und Downskirt mit dem auf dem Rücken liegenden, blonden Schaufensterpüppchen und dann dringe ich unter ihrem Miniröckchen in ihr Möschen ein. Es entfährt ihr ein leises Stöhnen, es war schließlich ihre Entjungferung durch mich.

Eine Weile verbleibe ich in dieser stehenden Position und spiele Upskirt Downskirt während ich sie rhythmisch penetriere.

Dann beuge ich mich über sie, ohne mit dem Stoßen aufzuhören und befinde mich quasi in einer Liegestütze über ihr. Meine Beine sind außerhalb des Bettes, mit meinen Armen stütze ich meinen Oberkörper und mit meinem Arsch mache ich Vorwärts-Rückwärtsbewegungen damit mein Schwanz bei ihr rein und fast wieder rausgeht.

Ein Arm muss reichen, meinen Körper zu stützen, weil ich brauche jetzt eine Hand, um wieder Nippel

Alarm zu spielen. Es gelingt mir. Weil es ein Bikini-oberteil ist, das ich hin und herschiebe, stelle ich mir vor, wir wären am Meer und ich vögle das Bikini-mädchen am Strand im Sand. Peng. Das Kopfkino bringt mich zum Explodieren und ich erlebe den Höhepunkt genau in dem Moment als ich mich vorbeuge um einen der Nippel zu küssen.

Ja, ich hatte wunderbaren Sex mit Marianne, dem Blondchen, das ich just vor circa 20 Minuten das erste Mal gesehen, gleich aufgegabelt und gebumst habe. Mir war klar, dass dies nicht mein erster und letzter Besuch bei ihr sein würde und versprach ihr auch, bald wieder zu kommen.

Zurück auf die Rotlichtmeile, um in einer der Kneipen am Ende der Lupinenstraße ein kaltes Bier zu zischen.

Die Straße ist gut besucht. Viele Männer wollen sich heute amüsieren und ein Teil ihres Gehaltes dazu verwenden, sexuelle Träume zu realisieren. Mir tun die anderen Wichte leid, die diese Straße aus moralischen Gründen meiden.

Ein Lied geht mir durch den Kopf. Mein Unterbewusstsein hat es vor langer Zeit gespeichert und jetzt mir wird klar, dass ich genau das erlebt habe, wovon das alte Seemannslied schwärmt:

In der Neckarstadt nachts um halb eins,

Ob du'n Mädel hast oder hast kein's,

Amüsierst du dich,

Denn das findet sich

In der Lupinenstraße nachts um halb eins

Wer noch niemals in lauschiger Nacht

Einen Lupi-Bummel gemacht,

Ist ein armer Wicht,

Denn er kennt dich nicht,

Mein Mannheim, mein Mannheim bei Nacht.

Geil, oder? Und weil es so schön ist, Kult auszuleben, kommt hier der ganze Liedtext und wer die Story mit Marianne aufmerksam gelesen hat, der erkennt, dass alles im Lied gesungene in meine Story verpackt wurde.

Und ich bin überglücklich, dass ich die Story wirklich so erlebt habe. Nein, nicht nur einmal sondern eigentlich erlebe ich diese Story und dieses Lied jeden Freitag und Samstag in der Neckarstadt, der Lupi, in meinem Mannheim bei Nacht:

Silbern klingt und springt die Heuer,
Heut' speel ick dat feine Oos.
Heute ist mir nichts zu teuer,
Erst Montag geht die Arbeit los.

Langsam bummel ich ganz alleine
Die Mittelstraße nach der Lupi rauf,
Treff ich eine recht blonde, recht feine,
Die gabel ich mir auf.

Komm doch, liebe Kleine, sei die meine, sag' nicht nein! Du sollst für 20 Minuten meine kleine Liebste sein. Ist dir's recht, na dann bleib' ich dir treu sogar bis um zehn. Hak' mich unter, wir woll'n jetzt zusammen mal bumsen geh'n.

Und jetzt alle, ganz laut:

In der Neckarstadt nachts um halb eins,

Ob du'n Mädel hast oder hast kein's,

Amüsierst du dich,

Denn das findet sich

In der Lupinenstraße nachts um halb eins.

Wer noch niemals in lauschiger Nacht

Einen Laufhausbummel gemacht,

Ist ein armer Wicht,

denn er kennt dich nicht,

mein Mannheim, mein Mannheim bei Nacht.

Das Lied hat dann noch eine Strophe, da berichtet der Sänger, dass er nach einer einjährigen Seereise braungebrannt zurückkehrt auf die Reeperbahn und seine Kleine ist nicht mehr blond, sondern hat sich die Haare schwarz oder rot gefärbt. Er erkennt sie wieder, aber sie ihn nicht sofort.

Auch diese Liedstrophe kann man live nacherleben aber man muss dafür nicht ein ganzen Jahr von der Lupinenstraße fernbleiben, denn die Hürchen färben sich manchmal monatlich die Haare neu und wenn du nicht einen besonderen Eindruck hinterlassen hast, dann haben sie dich schon am nächsten Tag vergessen.

In diesem Sinne, Kumpel:

Genieße die Freiheit, den Suff und den Sex im Puff und wenn du's nicht glaubst, dann fahr doch nach Hamburg und erlebe das Lied am Originalschauplatz, auf der Reeperbahn nachts um halb eins.

Kehr ich heim im nächsten Jahre,
Braungebrannt wie'n Hottentott;
Hast du deine blonden Haare
Schwarz gefärbt, vielleicht auch rot.
Grüßt dich dann mal ein fremder Jung',
Und du gehst vorüber und kennst ihn nicht,

Kommt dir vielleicht die Erinnerung wieder,
Wenn leis' er zu dir spricht:

Komm doch, liebe Kleine, sei die meine, sag' nicht
nein!

Straßenmärchen mit dem Straßenmädchen

Oft schon war ich in der Neckarstadt West, aber eines Nachts kam ich in eine Kneipe, da lief ost- europäische Zigeunermusik.

Da kam ein Mädchen zu mir und sagte:

"Hallo ich bin Diana, mein Nachname ist Zwanzig."

Sie war kein Fotomodel und ich hatte auch keine Lust auf käufliche Liebe. Aber zu zweit schmeckt das Bier einem Single besser.

Also lud ich sie zu einem Drink ein.

Zwei Runden später küssten wir uns und drei Küsse später landeten wir in einem Hinterzimmer der Kneipe auf einem Sofa.

Sie machte Sachen mit mir, die ich noch nie erlebt hatte und ich vergaß, dass sie eigentlich für Geld arbeitete, und sie wahrscheinlich auch.

Seitdem gehe ich jedes Wochenende in dieses Pub und immer wenn ich eintrete, dann grölen die Männer zur Begrüßung und rufen laut:

"Diana, dein Liebster ist wieder da!"

Mit Diana ist jeder Abend wie Weihnachten und Karneval gleichzeitig, denn unter dem Mannheimer Mond gibt es keine bessere Straßenhure als Diana für einen Lustmolch wie mich.

* * *

Was haltet ihr von diesem „Märchen"?

Ehrlich gesagt ist es die Übertragung der Geschichte des spanischen Songtextes von „Viridiana" in die Atmosphäre der Mannheimer Neckarstadt West.

Wenn du Glück hast, kannst du dieses Märchen erleben. Wenn du Pech hast treibst du es nur auf der Toilette und nicht auf einem Sofa. Grins. In Sofia, Bulgarien habe ich diese Story tatsächlich erlebt.

Der Originalsong ist in Spanisch, die Story spielt in Tijuana, Mexico: „Viridiana" von Joaquin Sabina.

Schwarze Nacht

Ich bin ein großer Fan von Joaquin Sabina, Durch das Übersetzen seiner Lieder habe ich Spanisch gelernt und ich konnte nicht genug von seinen Songtexten lesen, denn dieser Sänger liegt mit den Inhalten und der Lebenseinstellung seiner gesungenen Storys voll auf meiner Wellenlänge.

Das Lied "Negra Noche" (Schwarze Nacht) von Joaquin Sabina hat mich zu folgendem Text inspiriert:

Die Nacht, die ich liebe, hat pechschwarze Augen, endet nie und schmeckt herb. Sie lebt vom Geld, das die Nachtschwärmer zum Fenster rauswerfen.

Die Nacht die ich liebe hat zweitausend Ecken, an denen stehen Frauen mit Handtaschen und fragen dich, ob du mal Feuer hast. Als Antwort öffnen die Familienväter die Reißverschlüsse ihrer Hosen.

Die Nacht, die ich liebe kennt kein Morgengrauen, sie endet nie.

Die Nacht, die ich liebe ist geschminkt wie eine Schaufensterpuppe und duftet nach Pachuli.

Die Nacht, die ich liebe hat dunkle Kneipen, in die gehen Menschen, die abstürzen wollen und wenn du im Morgengrauen anklopfst, lassen sie dich noch eintreten.

Die Betrunkenen sind die Stütze der Hauswände und sich umarmend tanzen die Verrückten mit den Zugedröhnten bis sie umfallen.

Am Ufer der Donau

Einst ging ich am Strande der Donau entlang
oho ohoo olalala
ein schlafendes Mädchen am Ufer ich fand
oho ohoo olalala

Sie hatte die Beine weit von sich gestreckt
ihr schneeweißer Busen war halb nur bedeckt

Ich machte mich über die schlafende her
da hört sie das Rauschen der Donau nicht mehr

Du schamloser Jüngling was hast getan
du hast mich im Schlafe zur Mutter gemacht

Das ist die derbe Variante eines deutschen Volkslie-
des aus dem Jahre 1830, Texter und Komponist un-
bekannt. Mehr über das Lied und weitere Textver-
sionen findet man bei www.volksliederarchiv.de

Die Straße der Mädchen

Neuer Text zum alten Lied von Siggi Selector:

Einst ging ich die Straße der Gretels entlang...

oh oh oh oh la la la

Ein winkendes Mädel am Fenster ich fand...

oh oh oh oh la la la

Ein winkendes Mädel am Fenster ich fa-a-and

Ein winkendes Mädel am Fenster ich fand.

(Falls gesungen, wird nach der ersten und zweiten Liedzeile „Oh la la" gesungen, und die zweite Zeile jeder Strophe noch jeweils 2 mal widerholt)

Sie hatte die Brüste aus dem Fenster gestreckt.

Ihr schneeweißer Busen war halb nur bedeckt...

Sie sagte Hallo, na komm doch mal her

Ne bessre wie mich, die findst du nicht mehr...

Ich sagte Okay, dann lass mich mal rein

Heute Abend darfst du - meine Dienerin sein

Ich liebte sie dann, so gut wie ich's kann
Sie wollte nie wieder nen anderen Mann.

Du schamloser Macho, was hast Du gemacht?
Du hast mich beim Bumsen zum Orgasmus gebracht

Sie war ganz verliebt und das war mein Glück.
Sie gab mir sogar wieder mein Geld zurück.

Sie sagte ich bin - der beste Mann von der Welt.
Sie sagte ich will dich, ich geb dir mein Geld.

Ich bin doch kein Lude, meine geile Maus.
Bleib weg vom Fenster, ich hol dich hier raus!

Wir heirateten, und ich hab keine Ruh,
ich bezahl nicht für Sex, aber ihre teureren Schuh.

Schuhe, Klamotten, ihr Leben, alles muss ich bezahl'
darf nur noch sie lieben, hab nie mehr die Wahl.

Und die Moral die wir lernen aus dieser G'schicht

oh oh oh oh la la la

Huren sind billig, aber die Ehe ist's nicht!

oh oh oh oh la la la

Lieber Huren bezahlen, aber heiraten nie-ie ie

Lieber Huren bezahlen, aber heiraten nie!

Anmerkung:

In meiner Liedversion wird keine Frau vergewaltigt, sondern ein Freier bietet einer Hure ein spießiges Leben als Ehefrau. Sie nimmt das Angebot an und ab da ist der Mann quasi der Gefickte.

17 Jahr, blondes Haar

Ein Tag wie jeder, ich träum von Liebe,

Doch eben nur ein Traum - aha aha.

Menschen wohin ich schau, Großstadtgetriebe,

Und auf einmal sah ich sie, sie.

17 Jahr, blondes Haar, so stand sie vor mir.

17 Jahr, blondes Haar, wie find ich zu ihr.

Was Udo Jürgens 1965 textete ist heute nicht mehr salonfähig, denn ein erwachsener Mann darf sich in keine 17jährige verlieben und keine suchen.

Ersetzen wir die 17 gegen 27 und die Zeile 3 gegen: Frauen wohin ich schau, Bordellbetriebe, dann erfüllen sich die besungenen Träume des Mannes. Danke, dass es Prostitution gibt.

Will jetzt einer diskutieren? Im Lied hat er sich auch nur in ihr Aussehen verliebt. Von echter Liebe also keine Rede. Der Mann im Lied war einfach nur geil auf das Blondchen. So sind Männer eben.

La la la, la la la.

Parabel mit einer Fee

In meinem Buch „Gruppensex im Lotterbett" vergleiche ich Huren mit Feen und Hexen. Die Feen erfüllen dir deine (sexuellen) Wünsche, die Hexen verfluchst du, weil sie zwar dein Geld kassiert haben, aber deine Wünsche nicht erfüllten.

Als ich das schrieb, fiel mir eine schöne Feen-Geschichte ein, die baue ich jetzt in dieses „Kulturbuch". Ursprünglich war diese Geschichte ein Witz, den man sich in Herrenrunde am Tresen einer Kneipe erzählt, aber Literat, der ich bin, mache ich aus diesem Witz eine Parabel.

Eines Abends kam Till, der Boss einer großen Softwarefirma nach einer Geschäftsbesprechung, die den ganzen Nachmittag gedauert hatte, in sein Büro. Die Sekretärin war schon nach Hause gegangen und auch sonst war kein Firmenangestellter mehr im Gebäude.

Till betrat sein Büro und auf dem Schreibtisch saß eine blonde, schöne Frau, die hatte nur ein weißes Kleid an und war sexy anzusehen.

Sie sprach: „Ich bin eine Fee und weil du so viele Millionen Dollars für wohltätige Zwecke spendierst, bin ich gekommen, dir im Namen der guten Geister zu danken. Du hast drei Wünsche frei. Nenne mir deinen ersten."

Till schaut sich die schöne Fee an und überlegt, was er sich denn wünschen könnte. Er, der Milliarden besaß konnte sich sowieso eigentlich alle Wünsche selbst erfüllen.

Er überlegte erst, ob er sich vielleicht die Behebung von Softwarefehlern in seinem Computerprogramm wünschen sollte, aber diesen Wunsch könnte er ja später nennen. Weil die Fee so zauberhaft schön war, sagte er:

„Ich möchte dich gerne auf meinem Schreibtisch bumsen."

Die Fee schaute ihn etwas ungläubig an und fragte: „Hast du das nur laut gedacht oder ist das dein Wunsch, den ich erfüllen soll?"

„Das ist mein Wunsch", sagte Till.

Also setzte sich die Fee auf die Schreibtischkante, zog ihr weißes Kleid hoch über ihre Oberschenkel und zwar so hoch, dass sie die Beine breit machen und Till ihre rosa, rasierte Muschi sehen konnte.

Till ließ die Hosen runter, trat zum Schreibtisch, schaute sich das schöne Geschöpf und die rosa Pussy der Fee an, wichste kurz bis sein Schanz richtig hart war und drang dann tief und genüsslich in die Fee ein.

Weil die Fee ja eine echte Wunscherfüllerin war, stöhnte sie vor Lust, feuerte Till an und stöhnte und gab ihm dirty talk:

„Ja, tiefer, Till, genau so, ahh, gib's mir Till, du machst mich so geil, ja, besorg es mir, oh Till, du bist der Beste, oh Till, so bin ich noch nie von einem Mann gevögelt worden, ja, Till, ja, ja, oh, ich komm gleich, oh Till, bitte komm mit mir, du machst mich so geil, ich komme gleich, bitte gib mir deinen Saft, ja, spritz mich voll, ja, ja, oh mein Gott, ich komme, ich komme!", und sie schrie ihren Orgasmus so laut sie konnte und Till spritzte die Fee so voll, dass ihr sein Sperma wieder aus der Möse quoll und Tills Saft strömte über den Schreibtisch. Da sprang die Fee auf, weil sie nicht auf dem Sperma sitzen wollte und da lief ihre Möse ganz aus und Tills Sperma floss ihre Oberschenkel herab.

Die Fee zauberte sich ein Papiertaschentuch, trocknete sich die Oberschenkel und die feuchte Muschi damit und mit einem anderen Taschentuch reinigte sie grob den Schreibtisch.

Dann setzte sie sich wieder auf den Schreibtisch, war wieder ganz die brave, gute Fee.

„Nun Till, das war dein erster Wunsch. Was ist dein zweiter?"

Till war sehr zufrieden mit der ersten Wunscherfüllung und nannte seinen zweiten Wunsch:

„Ich wünsche mir einen Blow Job von dir, wie ich noch nie einen Blowjob gehabt habe."

Die Fee ahnte, dass Till diesen Wunsch ernst meinte. Sie stieg vom Tisch herab und bat Till, sich nun auf den Schreibtisch zu setzen. Jetzt saß Till auf dem Schreibtisch und die Fee kniete sich vor ihm in die Hocke und begann mit dem Blowjob seines Lebens.

Die Fee begann zunächst an Tills Hoden zu lutschen und arbeitete sich dann mit der Zunge den Schwanz hinauf, umspielte mit ihr seine Eichel, kreiste ein paarmal um sie herum und dann schob sie sich Tills Ständer in den Mund und lutschte und saugte kräftig daran. Till wurde natürlich sofort wieder richtig geil und hart und sein Schwanz wurde mit jedem Saugen immer größer und härter. Zwischendurch musste die Fee aber auch mal atmen und jedes Mal, wenn sie das Lutschen deshalb unterbrechen musste, stöhnte sie auf und würzte den Blowjob mit etwas schmutziger Akustik:

„Oh Till, dein Schwanz…. (Zunge) er schmeckt so gut…. (Lippen) Oh Till, der schmeckt so geil… (Deep

Throught) oh Till, ich schmecke deinen Lusttropfen, (Zunge) oh Till, spritz in meinen Mund (Deep Trought) ja, spritz mir deinen Saft in meinen Mund, jetzt, gib mir deine Milch!" Deep Throught, Deep Throught, Deep, deeper, throught.

Till erlebte tatsächlich den besten BJ seines Lebens und hielt es nicht lange aus. Als die Fee seinen Schwanz wieder ganz tief in sich aufnahm, da spritzte Till ihr eine kräftige Ladung Sperma in den Rachen, an ihr Zäpfchen und die Fee musste würgen und um Atem ringen, aber sie saugte weite an Tills Ständer aber er zog ihn aus ihrem Munde und wichste sich die nächsten Orgasmusspritzer aus seiner Kanone und besudelte das schöne Feengesicht mit seinem Samen. Die Fee schloss die Augen und öffnete ihren Mund, damit Till wieder in sie eindringen konnte. Da floss ihr Tills Sperma über die Wangen und aus dem Mund und Till ergötze sich an dem Anblick so sehr, dass sein Orgasmus nicht endete und er noch ein paar Spermaladungen ins Gesicht und ihren geöffneten Mund spritzte.

Nachdem Till wirklich den letzten Tropfen ver-
schossen hatte, erhob sich die Fee. Sie schluckte
brav alles runter, was von Till in ihrem Mund gelan-
det war, dann zauberte sie sich eine Mundspülung
und eine Karaffe, gurgelte und spuckte in die Karaffe.

Till saß zufrieden breitbeinig auf seinem Schreibtisch und grinste. Die Wunscherfüllungen dieser Fee
waren wirklich Klasse. Nun fragte sie ihn:

„Okay, Till, das war dein Wunsch für einen Blowjob.
Was ist nun dein dritter und letzter Wunsch?"

„Einen Analfick mit dir", sagte Till sofort.

„Aber Till! Du hast nur drei Wünsche, zwei davon
waren sexueller Natur. Ich habe sie dir gerne erfüllt.
Aber willst du nicht als letztem Wunsch etwas wünschen, was wichtig und nachhaltig ist? Etwas, von
dem du mehr hast, als nur einen Orgasmus?"

Da sagte Till: „Heirate mich!"

Die Fee entgegnete: „Das ist unmöglich. In einer Ehe würde ich meine liebliche Verzauberungskraft verlieren und mich nach wenigen Jahren in eine alte böse Hexe verwandeln, und mit so einem Wesen möchtest du bestimmt nicht verheiratet sein. Wünsch dir bitte etwas anderes, Till."

Till überlegte und fragte: „Analfick?"

Auch die Fee überlegte und antwortete: „Analfick."

Dann schob sie ihr Kleid hoch über ihren schönen Apfelarsch, beugte sich über den Schreibtisch spreizte leicht die Beine und präsentierte ihren schönen Po. Weil sie eine Fee war, verzauberte ihr Anblick den Till und er konnte tatsächlich noch ein drittes Mal seinen Schwanz zum Stehen bringen und mit der Fee einen dritten Orgasmus an diesem Abend genießen.

Weil dies eine Parabel ist, verzichte ich nun auf die explizite Beschreibung des Analficks und fordere den Leser auf, die 2 Gleichnisse in dieser Geschichte zu erkennen und wirken zu lassen. Zwei? Ja, 2!

Parabeln und Fabeln

Nachdem ich die Parabel mit der Fee und Till geschrieben habe, wollte ich sicher gehen, dass es auch wirklich eine PARABEL ist und suchte im Internet nach Information, was denn eine Parabel ausmacht. Ich fand viele Internetseiten mit Erklärungen, Beispielen und Lösungen, insbesondere für Lehrer, die mit den gegebenen Informationen Parabeln, Gleichnisse und Fabeln mit ihren Schülern im Deutschunterricht besprechen können. Wer sich nicht mehr an die Einzelheiten seines Deutschunterrichts erinnert, dem sage ich es nun in meinen einfachen Worten: Eine Parabel oder eine Fabel haben eine Bildebene und eine Deutungsebene. Es wird eine Geschichte erzählt, in der eine (Be-)Deutung versteckt ist, die man erkennen sollte. Für Parabel kann man auch Gleichnis sagen. Wenn in der Erzählebene Tiere mit menschlichen Charakterzügen die Protagonisten sind, dann wird aus der Parabel eine Fabel.

Hier die Auflösung welche ZWEI Deutungen in meiner Feen-Parabel enthalten sind:

Die eine angedeutete Lebenshilfe für den Leser war bestimmt schnell zu erkennen, denn die Fee sagt sie dem Till: Frauen werden nach der Heirat zu Hexen, werden mit der Zeit alt und können Männer nicht mehr verzaubern. Welcher Mann will das schon? Wenn ein Mann von einer Frau gesagt bekommt, was ihn in der Ehe erwartet, bevor er sie heiratet und bekommt eine Alternative angeboten (Analfick), sollte er vielleicht besser die Alternative wählen. Aber im echten Leben wird man nicht gewarnt.

Die zweite versteckte Aussage verrät, dass Männer schwanzgesteuert sind und nicht mehr rational denken können, wenn sie geil sind: Till hatte sich am Anfang der Geschichte zwar vorgenommen, sich von der Fee sein Computerprogramm verbessern zu lassen, aber wie lautet am Ende sein dritter Wunsch? Analfick! Und die ganze Parabel sagt uns auch: Männer sind Schweine.

Eine sehr bekannte Parabel ist diese von dem adeligen Russen Leo Tolstoi mit dem Namen:

Drei Söhne
Von Leo Tolstoi:

Drei Frauen trafen sich am Brunnen beim Wasser holen. Nicht weit davon saß ein alter Mann auf einer Bank und hörte, wie die Frauen ihre Söhne lobten.

"Mein Sohn", sagte die erste, "ist so geschickt, dass er alle anderen hinter sich lässt ..." "Mein Sohn", stand die zweite Frau nicht nach, "singt so schön wie die Nachtigall! Es gibt keinen, der eine so schöne Stimme hat wie er..."

"Und warum lobst du deinen Sohn nicht?", fragten sie die Dritte, weil diese schwieg.

"Er hat nichts, was ich besonders loben könnte", entgegnete sie. "Mein Sohn ist nur ein gewöhnlicher Knabe, er hat nichts Außergewöhnliches an sich und in sich ..."

Die Frauen füllten ihre Eimer und schritten heim. Der alte Mann ging langsam hinterher. Die Eimer der drei Frauen waren schwer und die müden Hände schwach. Deshalb legten die Frauen auf halber Strecke eine Ruhepause ein, denn der Rücken tat ihnen auch noch weh.

Da kamen ihnen drei Jungen entgegen. Der erste stellte sich auf die Hände und schlug Rad um Rad. Die Frauen riefen angetan: "Welch ein geschickter Junge!" Der zweite sang herrlich wie eine Nachtigall, und die Frauen lauschten mit Tränen in den Augen. Der dritte Junge lief zu seiner Mutter, hob deren schwere Eimer auf und trug diese heim.

Da bemerkten die Frauen den alten Mann neben sich und fragten: "Was sagst du zu unseren Söhnen?"

"Wieso Söhne?" fragte der alte Mann verwundert. "Ich sehe nur einen einzigen Sohn!"

Aus seiner Parabel machte ich die Folgende:

Drei Liebhaber

Parabel von Siggi Selector auf der Basis von „Die drei Söhne", Leo Tolstoi

Drei Huren trafen sich in einem kleinen Café in der Nähe des Bordells, wo sie arbeiteten. Sie saßen an einem Tisch um sich einen Imbiss zu gönnen.

Am Nachbartisch saß ein alter Mann, trank einen Cappuccino und hörte, wie die Frauen ihre Männer lobten.

"Mein Stammfreier ist ein Mann mit starken Armen und er ist Boxer", sagte die erste, „und er liebt mich wegen meiner schönen Beine und meinem Knackarsch."

"Mein Stammfreier ist ein Mann, der ist Rockgitarrist und hat viele Tattoos", stand die zweite Frau nicht nach, „und er liebt mich wegen meiner schönen Oberweite, er schwärmt von meinem schönen Busen."

"Und warum lobst du deinen Stammfreier nicht?", fragten sie die Dritte, weil diese schwieg.

"Ich sehe nicht so gut aus wie ihr", entgegnete sie. "Mein Stammfreier ist auch nur ein gewöhnlicher Mann ohne Muskeln, ohne Tattoos, er ist kein Boxer und in keiner Rockband. Und ich weiß nicht einmal, warum er mein Stammfreier ist und immer nur mich ficken will."

Die beiden Schönheiten sahen ihre dritte Kollegin mitleidig an.

Da betraten drei Männer das Café-Bistro.

Der eine wirbelte seine Fäuste durch die Luft, machte „Schattenboxen", dann ging er zu seiner Stammhure, gab ihr einen Klaps auf den Po und einen Kuss auf die Wange.

Der zweite griff seiner Stammhure ungeniert an den Busen, gab ihr einen Kuss auf die Wange und spielte ihr ohne Instrument mit der „Luftgitarre" ein Ständchen, und die Frauen sahen ihm begeistert zu.

Danach verließen die beiden Männer das Café wieder.

Aber der dritte Mann setzte sich neben seine Stammhure, flüsterte ihr ins Ohr, dass er sie jetzt gerne ficken würde. Dann legte er etwas Geld auf den Tisch, damit ihr Imbiss bezahlt wäre, sie standen auf und er nahm sie mit.

Da bemerkten die Frauen den alten Mann am Nachbartisch und fragten:

"Was sagst du zu unseren Männern?"

"Wieso Männer?" fragte der alte Mann verwundert. "Ich habe nur einen einzigen Mann gesehen und er hat die beste Hure mitgenommen!"

Bemerkung: In der Parabel von Tolstoi wird deutlich, was einen wirklich guten Sohn ausmacht.

Meine Parabel zeigt was ein echter Mann ist UND dass es bei Frauen nicht nur auf das Aussehen ankommt. ZWEI Lehren fürs Leben in einer Parabel. Ich habe Tolstoi übertroffen.

Kleine Fabel mit der Maus

„Ach", sagte die Maus, „die Welt wird enger mit jedem Tag. Zuerst war sie so breit, dass ich Angst hatte, ich lief weiter und war glücklich, dass ich endlich rechts und links in der Ferne Mauern sah, aber diese langen Mauern eilen so schnell aufeinander zu, dass ich schon im letzten Zimmer bin, und dort im Winkel steht die Falle, in die ich laufe." „Du musst nur die Laufrichtung ändern", sagte die Katze und fraß sie.

Die Inhaltsanalyse laut Wikipedia ist länger als die Geschichte selbst, soviel Power ist in der Story:

Die Maus ist ein wirklich bedauernswertes, unfreies, verängstigtes Geschöpf. Fast nie ist die Welt so, wie sie sie haben möchte. Zwischen zu weit und immer enger werdend gibt es nur ein schmales Zustandsfenster der Behaglichkeit für sie, bezeichnenderweise der Anblick der in der Ferne auftauchenden begrenzenden Mauern.

Sie läuft wie hypnotisiert der Falle entgegen, als gäbe es keinen anderen Weg. Der Rat der Katze, doch die Richtung zu ändern, könnte an sich der Rat eines Freundes sein, der einen Ausweg aus festgefahrenem Denken zeigen möchte. Nur zu diesem Zeitpunkt und von der Katze vorgebracht ist er zynisch und sinnlos. Man spricht daher von einer „kafkaesken Situation". Denn nicht die Falle ist die Gefahr, sondern die sich unbemerkt heranschleichende Katze selbst. Die Falle stand einfach nur da; hätte die Maus nicht die Entscheidungsmöglichkeit gehabt, ihr nicht nahezukommen? Aber die Frage ist ohnehin müßig. Das Näherkommen der Katze als die eigentliche Todesgefahr hat die Maus (und der Leser) gar nicht bemerkt, also hatte sie auch keine Gelegenheit, sich davor zu fürchten. Ansonsten ist die Maus ganz eingesponnen in ihre Ängste und Zwänge. Ist es da nicht fast eine Erlösung, wenn die Katze diese Existenz beendet?

https://de.wikipedia.org/wiki/Kleine_Fabel

Kleine Parabel mit Ehemann

„Ach", sagte der Mann, „meine Ehe wird langweiliger mit jedem Tag. Jetzt gehe ich durch die vielen Laufhäuser im Puff aber bin verstört, fühle mich gezwungen, eine Pflichtnummer mit einer der vielen Frauen zu machen, die mich in ihr Zimmer locken wollen. Ich laufe weiter und bin glücklich, dass ich fast alle Huren gesehen habe, ohne bumsen zu müssen, aber eigentlich wollte ich das doch, deswegen bin ich in den Puff gegangen.

Jetzt stehe ich vor der letzten Hure die im Angebot ist und ich muss in ihr Zimmer und muss tun, was ein Mann tun muss."

„Du musst nur wieder die Laufrichtung ändern", sagte seine alte Ehefrau, die ihm heimlich gefolgt war und reichte die Scheidung ein und nahm ihm sein ganzes Vermögen.

Meine Inhaltsanalyse ist auch erquicklich zu lesen:

Der Mann ist ein bedauernswertes, unfreies, verheiratetes Geschöpf. Fast nie ist die Welt so, wie er sie haben möchte. Zwischen Ehepflicht und unmoralischem Puff gibt es nur ein schmales Zustandsfenster der Behaglichkeit für ihn, eigentlich nur der Wunsch einmal eine andere Frau im Bett zu haben.

Er läuft wie hypnotisiert den Huren entgegen, als gäbe es keinen anderen Weg. Der Rat seiner Ehefrau, doch die Richtung zu ändern, könnte an sich der Rat eines Freundes sein, der einen Ausweg aus der verbotenen Lust zeigen möchte. Nur zu diesem Zeitpunkt und von der Ehefrau vorgebracht ist er zynisch und sinnlos.

Eine „kafkaeske Situation." Denn nicht die Hure ist die Gefahr, sondern die sich unbemerkt heranschleichende Ehefrau. Die Prostituierte stand nur zur Verfügung, der Mann hätte ja die Entscheidungsmöglichkeit gehabt, sie nicht zu bumsen. Aber die Frage ist ohnehin müßig.

Das Näherkommen der Ehefrau als die eigentliche sein Leben ruinierende Gefahr hat der Mann (und der Leser) gar nicht bemerkt, also hatte der Mann auch keine Gelegenheit, sich vor dem Erwischt werden zu fürchten. Ansonsten ist der Mann ganz eingesponnen in seine Zwänge. Ist es da nicht fast eine Erlösung, wenn seine Ehefrau diese Ehe beendet?

Der Mann ist nach der Scheidung zwar pleite, aber wieder frei, endlich das tun zu können, was er will.

* * *

So nebenbei: Den folgenden Dialog haben auch Sie bestimmt schon einmal gehört:

"Ich wäre auch für 2.000 geblieben."
"Ich hätte auch 4.000 gezahlt."

Er ist aus dem Hollywoodfilm: Pretty Woman, ein "Liebesfilm", den Sie bestimmt schon gesehen haben. Der Film ist ein Werbefilm für die Arbeit der Prostituierten. Der Film suggeriert den Huren, dass man bei der Arbeit einen Millionär kennenlernen kann, der sich verliebt. Ein echtes Filmkulturgut.

Fabel eines 13jährigen Mädchens

Bei Wikipedia habe ich nachgelesen, was die Merkmale einer Fabel sind und habe ein Beispiel gefunden für eine kleine Geschichte, die die Elemente der Fabel erfüllen, obwohl keine Tiere darin vorkommen. Wikipedia:

Ein 13jähriges Mädchen entwarf nach einer entsprechenden Strukturvorgabe die folgende Fabel:

Hansi und Franzi und Susi am Bus

An der Bushaltestelle begegneten sich Hansi und Franzi.

„Heute sitze ich hinter dem Fahrer!" meinte Hansi. „Das werden wir erst noch sehen, das ist mein Platz!" erwiderte Franzi.

Während sie sich noch beschimpften und prügelten, stieg Susi in den Bus und setzte sich hinter den Fahrer. Der Bus aber fuhr ohne die beiden ab.

Lehre: Wenn zwei sich streiten, freut sich der dritte.

Autorin: Mädchen (13 Jahre). Zitiert aus: Siegbert A. Warwitz: *Wir deuten und dichten Verkehrsfabeln*. In: Sache-Wort-Zahl 25(1999) Seite 56

Die Lehre kennt jeder: Leider weiß ich nicht, ob sie von der Schülerin stammt. Wahrscheinlich hat sie nur die Story von der Bushaltestelle erdacht, die zum Lehrsatz führte. Und diese Story hat es in ein Buch und in Wikipedia geschafft. Wow.

Fabel des alten Mannes

Hans und Franz begegnen sich im Puff.

Sie stehen vor Katjas Fenster und streiten, wer als erster zu Katja reingeht.

Während sie sich noch streiten, wer zuerst die Katja vögeln darf, geht Siegfried in Katjas Zimmer und bumst sie.

Autor: Selector, Siggi: Sex oder Kultur, vom Verlag BOD, Norderstedt, Taschenbuch 2020, Seite 60

Das Einhorn im Puff

Ein Mann mit einem Schwanz wie ein Horn geht zu einer Hure, die steht am Fenster ihres Zimmers im Laufhaus. Er fragt sie, was es kostet und sie sagt: „Halbe Stunde, 50 €, Blasen und Ficken, beides mit Kondom."

Er fragt sie, ob sie ihm auch das Horn bläst ohne das Kondom zu benutzen.

Sie sagt: „Das ist neuerdings gesetzlich verboten."

Es fragt: „Und wenn ich 20 € mehr bezahle?"

Sie sagt: „Kommst du jetzt rein zu mir, oder nicht?"

Er geht rein ins Haus, zu ihr ins Zimmer und gibt ihr 70 €. Sie schließt die Tür, er zieht sich aus.

Sie streichelt ihn, und als der Schwanz des Mannes ein hartes und steifes Horn ist, holt sie ein Kondom und will es ihm überziehen.

„Hey", sagt der Mann, ich wollte Blasen ohne Kondom!"

„Blasen ohne Gummi ist gesetzlich verboten", das habe ich dir doch gesagt!", entgegnete sie.

„Dann gib mir mein Geld zurück!", verlangt der Mann.

Sie gibt ihm 20 € wieder zurück.

„Hey, gib mir alles zurück, die ganzen 70 €, ich habe keine Lust mehr!"

„Oh, wenn du keine Lust mehr hast und dein Horn wieder ein schlaffer Schwanz ist, dann ist das aber nicht mein Problem."

„Gib mir sofort die restlichen 50 €, sonst rufe ich die Polizei!", sagt der Mann.

„Willst du jetzt ficken oder die Polizei rufen?", fragt die Hure.

„Gib mir das Geld, oder ich rufe die Polizei!", schimpft der Mann weiter.

„Dann geh halt und rufe die Polizei", sagt die Hure.

„Nein, ich will nicht die Polizei rufen, ich will meine 50 € wieder haben."

„Nein, du hast mir 50 € gegeben zum Ficken, und zwanzig für Blasen, ich habe deinen Schwanz hart gemacht, aber wenn du jetzt kein Horn mehr hast, dann ist das nicht mein Problem!"

„Ich bleibe so lange in deinem Zimmer, bis ich mein Geld wieder habe."

Da drückt die Hure einen Schalter an der Wand, geht zur Zimmertüre und öffnet sie.

„Was soll das?", fragt der Mann.

Durch die geöffnete Tür tritt ein Gorilla, der für die Sicherheit der Mädchen in diesem Puff zuständig ist. Er packt den nackten Mann fest am Arm und zieht ihn aus dem Zimmer, über den Flur und wirft ihn raus, auf die Straße.

Die Hure hat inzwischen die Klamotten des Mannes in ihrem Zimmer gefunden, nimmt sie, und wirft sie durch das Fenster auf die Straße, auch seine Schuhe.

Der rausgeworfene, nackte Mann sucht seine auf der Straße verstreuten Klamotten und zieht sich an.

Dabei sehen ihm alle Huren zu, die an ihren Fenstern auf Kunden warten, und lachen ihn aus.

Die anderen Freier auf der Straße haben Mitleid mit dem Mann und fragen ihn, was denn passiert ist.

Dem Einhorn ist die Geschichte peinlich. Er möchte sie nicht erzählen und sagt: „Nichts ist passiert, aber sie wollte mir mein Geld nicht zurückgeben. Da kam der Gorilla und hat mich rausgeworfen. Aber deshalb rufe ich jetzt die Polizei."

Der Mann nimmt sein Handy und ruft die Polizei, sie sollen in den Puff kommen, zu dem Haus wo „Girls" in Rot über dem Eingang steht. Zwei Polizisten treffen ein, der Mann geht auf sie zu, deutet auf das Mädchen am Fenster und sagt:

„Dieses Mädchen, hier, die an diesem Fenster, hat Geld von mir kassiert aber nicht den Service gemacht, den sie mir versprochen hat."

„Was hat sie Ihnen denn versprochen?", fragt ihn die Polizei

„Sex und...", da stutzt der Mann weil ihn einfiel, dass Blasen ohne Gummi inzwischen gesetzlich verboten ist und er spricht nicht weiter.

„Sex und was?", fragt in die Polizei.

Die Hure ergreift ihre Chance und sagt:

„Dieser Mann wollte Sex und für einen Aufpreis auch Blasen ohne Kondom, aber das habe ich natürlich nicht gemacht."

„Dann geben Sie dem Mann doch das Geld zurück", sagt der Polizist.

„Das habe ich bereits getan. Ich habe ihm den Aufpreis für das nicht gemachte Blasen ohne Kondom bereits zurückgegeben", sagt die Hure.

„Aber nicht den Preis für den Sex!", schimpft der Mann.

„Hatten Sie denn Sex?", fragt die Polizei.

„Ja", sagt die Hure,

„Nein", sagt der Mann.

„Ja was stimmt denn nun?", fragt die Polizei.

„Ich habe dem Mann den Schwanz hochgewichst, bis er ein Horn war", gesteht die Hure.

„Ja, das hat sie, aber sonst hat sie nichts gemacht", sagt der Mann aus.

„Das war eindeutig eine sexuelle Handlung", sagt die Polizei.

„Ja", sagt die Hure und fährt wahrheitsgemäß fort: „Aber dann hatte er plötzlich keine Lust mehr."

„Ja, weil sie nicht ohne Gummi geblasen hat", entfährt es dem Mann, auch wahrheitsgemäß.

Die Polizei hat sich alles angehört und sagt nun zu dem Mann: „Sie haben von der Dame eine ungesetzliche Handlung gefordert, wir müssen Sie bitten, uns Ihren Ausweis zu geben zur Feststellung Ihrer Personalien."

„Oh mein Gott, muss das sein?", fragt der Mann.

„Damit wir Sie kennen, falls das noch einmal vorkommt, wenn Sie wieder eine Frau zu sexuellen Handlungen nötigen wollen. Es gilt per Gesetz:

Wenn eine Frau NEIN sagt, dann haben Männer das zu respektieren", belehrt ihn die Polizei und wendet sich der Hure zu und fragt sie:

„Wollen Sie Anzeige gegen diesen Mann erstatten wegen Nötigung zu einer sexuellen Handlung?"

„Nein, ich verschone diesen Trottel und erspare ihm die Anzeige und mir eine Aussage vor Gericht."

Die Polizei sagt zum Einhorn-Mann: „Sie können der Dame dankbar sein, dass sie keine Anzeige gegen Sie erstattet. Wir belassen es bei einer Verwarnung: Nötigen Sie nie eine Frau zu einer sexuellen Handlung, die sie nicht wünscht. Schönen Abend noch, allerseits."

Und die Polizei geht, um Verbrecher zu jagen.

Moral:

Zähle nicht die Trottel, bevor sie in der Klapse sind.

Zu dieser Geschichte wurde ich inspiriert durch eine als literarisch wertvolle erachtete Fabel aus dem Jahre 1939. Wer das Original nicht kennt, der darf sich mit meiner Variante der Story begnügen.

Wenn dies Literatur ist

Es war sehr früh am Morgen, die Straßen rein und leer, ich ging zum Bahnhof. Als ich eine Turmuhr mit meiner Uhr verglich, sah ich, dass es schon viel später war, als ich geglaubt hatte, ich musste mich sehr beeilen, der Schrecken über diese Entdeckung ließ mich im Weg unsicher werden, ich kannte mich in dieser Stadt noch nicht sehr gut aus, glücklicherweise war ein Schutzmann in der Nähe, ich lief zu ihm und fragte ihn atemlos nach dem Weg.

Er lächelte und sagte: „Von mir willst du den Weg erfahren?" - „Ja", sagte ich, „da ich ihn selbst nicht finden kann." – „Gib's auf, gib's auf", sagte er und wandte sich mit großem Schwunge ab, so wie Leute, die mit ihrem Lachen alleine sein wollen.

(Kafka, Franz: Sämtliche Erzählungen, hg. v. Paul Raabe, Fischer Taschenbuch 1078, Frankfurt/M. 1970, Seite 320f.)

Was ist dann das?

Es war sehr spät in der Nacht, die Straßen schmutzig und schwach beleuchtet, ich ging zum Puff. Als ich auf die Uhr sah, wurde mir bewusst, dass es schon viel später war, als ich geglaubt hatte, ich musste mich sehr beeilen, wenn ich heute noch meine Liebste vögeln wollte. Zu meinem Schrecken entdeckte ich, dass mein Freudenmädchen schon zu Bett gegangen war, und ich wusste nicht, wohin mit meiner Geilheit. Glücklicherweise war ein Zuhälter in der Nähe, ich lief zu ihm und fragte ihn nach einem Hürchen, das er mir empfehlen könnte. Er lächelte und sagte: „Von mir willst du einen Tipp haben?" „Ja", sagte ich, „da ich selbst keine hier kenne, von der ich weiß, dass sie guten Service macht." „Gib's auf, gib's auf", sagte der Lude und wandte sich mit großem Schwung ab, so wie Leute, die mit ihrem Lachen alleine sein wollen.

(Selector, Siggi: Sex oder Kultur, vom Verlag BOD, Norderstedt, Taschenbuch 2020, Seite: 69.)

Moral ist mir egal

Zuweilen begebe ich mich auf eine Reise ins Rotlicht. Ich kaufe mir ein Straßenbahnticket, fahr zur Endhaltestelle, wo der Puff ist, da versuche ich mein Glück und suche mir eine Frau, die mir das Eis in meinem Schädel auftaut und meinen Schwanz zum Explodieren bringt, einfach nur Sex macht, ohne wie eine nach Nivea riechende Ehefrau mit mir über Alltagsprobleme und die Schwiegermutter zu quatschen.

Mir ist auch scheißegal, was meine anständigen Freunde, die Spießer und die moralische Gesellschaft davon halten und was mir die Lehrer in der Schule erzählt haben. Da denke ich wie Marius:

Und frag mich bitte nicht nach der Moral. Moral ist mir egal. Ich brauch 'ne Frau.

Zu diesem Text wurde ich inspiriert durch den Song „Ich brauch ne Frau" von Marius Westernhagen

Der beste falsche Freund

Dass man falsche Freundschaft kaufen kann, will uns Marius Westernhagen in einem anderen Lied verdeutlichen.

Er besingt die Freundschaft mit einem Kumpel, mit dem er dreizehn grade sein lässt, obwohl die Gesellschaft von ihm sagt, er wäre ein schlechter Umgang. Aber dieser Freund ist immer für ihn da und hört ihm immer zu, wenn er etwas erzählt.

Wenn ich dieses Lied in einer Kneipe an einem Karaoke-Abend singe, singt das Publikum gerne lautstark mit:

Johnny Walker, du hast mich nie enttäuscht!

Johnny Walker, du bist mein bester Freund!

Dieses Lied vom Alkohol inspirierte mich zu folgender Parabel:

Die Parabel vom Alkohol

Es war einmal ein Mann, der saß in einer Kneipe in der Nähe vom Puff und wollte den Abend gemütlich mit einem Bierchen beginnen. Da sprach der Alkohol, der im Bier war, zu ihm:

„Hey, wenn du statt Bier etwas Härteres trinkst, also Vodka oder Whisky, dann kommst du schneller in Stimmung, verlierst schneller deine Hemmungen und die Mädchen werden schöner, du weißt ja. wie man so sagt: Mit mir kann man sich alle Frauen schön saufen und Alkohol enthemmt."

Der Mann lachte, und bestellte sich einen doppelten Rum mit Cola. Und noch einen.

Da kam ein Bekannter von ihm in die Kneipe, der fragte ihn, was er denn um diese Zeit noch in dieser Bar machen würde. Er verriet seinem Bekannten, dass er sich gerade in Stimmung bringt um später hemmungslosen Sex zu haben, mit einem besonders schönen Freudenmädchen.

Da lachte der Bekannte und sie soffen beide zusammen noch einen und noch einen und darauf noch einen Schnaps, und sie kamen immer mehr in Stimmung. Schließlich merkten sie, dass sie jetzt genug in Stimmung waren. In der besten Laune, die nur betrunkene Männer haben können, zogen sie los, um jetzt hemmungslosen Sex mit einem schönen Freudenmädchen zu haben.

Der Bekannte verschwand in einem Laufhaus, und er selbst ging auch zu einer Liebesdienerin ins Zimmer. Die half ihm, sich auszuziehen und sicher im Bett zu landen, als er wegen des Alkohols schwankte und das Gleichgewicht zu verlieren drohte. Als er nackt im Bett lag, massierte sie ihm die Hoden und den Schwanz, aber der regte sich nicht mehr, weil der Held unserer Geschichte inzwischen eingeschlafen war. Die Hure ließ ihn *eine Weile* seinen Rausch ausschlafen, dann weckte sie ihn und sagte: „Gib mir 200 €, denn du warst zwei Stunden bei mir.“

Merke: Im Suff verlierst du das Gefühl für Zeit.

Die Parabel vom Glücksautomat

Es war einmal ein Hans, der dachte er befände sich im Glück und gab zehn Euro in einen Glückspielautomaten, der in der Kneipe nahe vom Puff stand.

Hans hoffte, dass er die zehn Euro verdreifachen könnte, um dreißig Euro für eine kurze Sexnummer zu haben. Nach einer Stunde am Automat hatte er einige Male verloren, einige Male gewonnen und war erst vier Euro im Plus.

Da sprach der Automat zum Hans: „Also wenn du weiterhin mit so geringen Einsätzen spielst, dann brauchst du ja eine Ewigkeit, um irgendwann zwanzig Minuten Sex für dreißig Euro kaufen zu können. Hör doch auf, nur zwanzig Cent pro Spiel einzusetzen. Erhöhe deinen Einsatz, vielleicht kannst du aus 200 € sogar 600 € machen. Mit den 400 € Gewinn kannst du dann vier Stunden Sex kaufen und mit vier Mädchen je eine Stunde im Zimmer verbringen, statt nur einmal und nur 20 Minuten. Und deinen Einsatz von 200 € hast du auch noch übrig. Ist das eine Idee?"

Hans war begeistert von der Idee, denn er hatte sich schon immer gewünscht, vier Mädchen an einem Abend zu besuchen. Er rechnete sich aus, dass er für 400 € sogar mit 8 Mädchen schlafen konnte, wenn er jede nur für eine halbe Stunde, für 50 € besuchen würde. Er war begeistert von der Idee, so viel Sex haben zu können.

Erst musste er den Einsatz erhöhen. Er ließ sich vom Glücksautomat seine vierzehn Euro auszahlen, dann ging zu einem Bankautomat, der in der Nähe war, und er zog sich 200 € aus dem Geldautomat. Er ging zurück in die Kneipe und spielte mit den 200 € am Glückspielautomat weiter. Die vierzehn Euro brauchte er, um sich Getränke kaufen zu können. Nach zwei Stunden hatte er alles Geld verloren, schlug enttäuscht mit der Faust auf den Automaten und schrie: „Betrüger!"

Die Security kam und warf Hans aus der Kneipe.

Mit wieviel Mädchen hätte Hans Sex haben können für 200 €? Merke: Geld gibt es nur am Bankautomat.

Der Esel und der Wolf.

Fabel von Lessing:

Ein Esel begegnete einem hungrigen Wolfe. „Habe Mitleid mit mir", sagte der zitternde Esel, „ich bin ein armes krankes Tier; sieh nur, was für einen Dorn ich mir in den Fuß getreten habe!"

„Wahrhaftig, du dauerst mich", versetzte der Wolf. „Und ich finde mich in meinem Gewissen verbunden, dich von deinen Schmerzen zu befreien."

Kaum ward das Wort gesagt, so ward der Esel zerrissen.

Die Biologische Uhr

Parabel von Siggi Selector, frei nach Esel und Wolf

Eine Frau flehte ihren Liebhaber an: „Seit einem Jahr schon gehen wir zusammen ins Bett, wann heiraten wir denn endlich? Ich brauche einen Mann wie dich, der eine Familie ernähren kann. Ich bin doch keine Hure, die man nur bumst!"

„Wahrhaftig, du dauerst mich", versetzte der Mann, „und ich finde mich in meinem Gewissen verbunden, dich von deiner Ungeduld zu befreien."

Kaum ward das Wort gesagt, so verließ er die Frau.

Alternative, kürzere und härtere Antwort:

Der Mann antwortete: „Da hast du leider Recht", und verließ die Frau.

Der hungrige Fuchs.

Fabel von Lessing

„Ich bin zu einer unglücklichen Stunde geboren!", so klagte ein junger Fuchs einem alten. „Fast keiner von meinen Anschlägen will mir gelingen."

„Deine Anschläge", sagte der ältere Fuchs, „werden ohne Zweifel doch klug sein. Lass doch hören, wann machst du deine Anschläge?"

„Wann ich sie mache? Wann anders, als wenn mich hungert?"

„Wenn dich hungert?", fuhr der alte Fuchs fort. „Ja! Da haben wir es! Hunger und Überlegung sind nie beisammen. Mache sie künftig, wenn du satt bist, und sie werden besser ausfallen."

Der hungrige Mann

Parabel von Siggi Selector, frei nach Lessing

„Ich bin zu einer unglücklichen Stunde geboren", so klagte ein junger Mann einem alten Fuchs. „Fast kein Date mit einer Frau führt zu Erfolg."

„Deine Flirts", sagte der alte Fuchs, „sind doch ohne Zweifel gewitzt und charmant. Erzähl mal, wann machst du deine Verabredungen?"

„Wann ich sie mache? Na wenn ich Lust auf Sex habe."

„Wenn du geil bist?", fuhr der alte Fuchs fort. „Ja! Da haben wir es! Geilheit und die Eroberung einer Frau funktionieren nicht zusammen. Mache deine Flirts künftig, nachdem du gebumst hast, dann bist du nicht mehr notgeil."

Das beschützte Lamm

Fabel von Gotthold Ephraim Lessing

Hylax, aus dem Geschlecht der Wolfshunde, bewachte ein frommes Lamm. Ihn erblickte Lykodes, der gleichfalls an Haar, Schnauze und Ohren einem Wolfe ähnlicher war als einem Hund, und fuhr auf ihn los.

„Wolf", schrie er, „was machst du mit diesem Lamm?"

„Wolf selbst!" versetzte Hylax. (Die Hunde verkannten sich beide.) „Geh! Oder du sollst erfahren, dass ich sein Beschützer bin!"

Doch Lykodes will das Lamm dem Hylax mit Gewalt nehmen; Hylax will es mit Gewalt behaupten, und das arme Lamm - treffliche Beschützer! - wird darüber zerrissen.

Bemerkung: Also mir tat das Lamm leid. Also transferierte ich diese Fabel in eine Parabel mit Happy End für das Lamm.

Der teure Schutz

Parabel von Selector frei nach Lessing

Hartmut, aus dem Geschlecht der Loverboys, bewachte seine Hure. Ihn erblickte Lukas, der gleichfalls in der Rotlicht-Szene einem Zuhälter ähnlicher war als einem Freier, und fuhr auf ihn los:

„Lover, was machst du mit dieser Hure?"

„Selbst Zuhälter!", antwortete Hartmut. „Geh! Oder du sollst erfahren, dass sie nur mir gehört!"

Doch Lukas will das Mädchen dem Hartmut mit Gewalt nehmen; Hartmut will es mit Gewalt behalten und es kommt zu einem brutalen, martialischem Kampf in dem sich die Zuhälter gegenseitig das Genick brechen.

Seitdem ist das Mädchen unbewacht und verdient ihren Hurenlohn für sich alleine. Und wenn sie sich nicht wieder in einen Luden verliebt, der ihr das Geld abnimmt, dann wird sie bald steinreich sein.

Das Ross und der Stier

Fabel von Gotthold Ephraim Lessing

Auf einem feurigen Ross flog stolz ein dreister Knabe daher. Da rief ein wilder Stier dem Ross zu: „Schande! Von einem Knaben ließ ich mich nicht regieren!"

„Aber ich", versetzte das Ross, „denn was für Ehre könnte es mir bringen, einen Knaben abzuwerfen?"

Der Freier und sein Freund

Parabel von Siggi Selector

Ein Freier erzählte seinem Freund, dass er ab und zu in den Puff geht. Da rief der Freund: „Schande, ich würde nie Geld für eine Hure bezahlen."

„Aber ich", entgegnete der Freier, „denn was kostet es mich, von einer Ehefrau regiert zu werden?"

Unterschiedliche Sichtweise

„Ich Unglücklicher", klagte ein Mann seinem Freund. „Meine Frau ist mit einem anderen Kerl durchgebrannt!"

„Jammere nicht", entgegnete sein Freund. „Du hast deine Frau doch gar nicht mehr gebraucht, sie hat dich nicht mehr interessiert und du hast sie nicht mehr sexuell beglückt. Stell dir einfach vor, dass **du** sie verlassen hast. Und genieße deine Freiheit."

Dies ist eine Parabel von Siggi Selector, mit gleicher Lehre, welche in einer kulturell akzeptierten enthalten ist.

Das Schaf und die Schwalbe

Fabel von Gotthold Ephraim Lessing

Eine Schwalbe flog auf ein Schaf, ihm ein wenig Wolle, für ihr Nest, auszurupfen. Das Schaf sprang unwillig hin und her.

„Wie bist du denn nur gegen mich so karg?" sagte die Schwalbe. „Dem Hirten erlaubst du, dass er dich deiner Wolle über und über entblößen darf, und mir verweigerst du eine kleine Flocke. Woher kommt das?"

„Das kommt daher", antwortete das Schaf, „weil du mir meine Wolle nicht mit ebenso guter Art zu nehmen weißt wie der Hirte."

Der gerupfte Mann

Parabel von Selector

Eine Frau flog auf einen Mann, da der sie begehrte und immer mit ihr auf teure Cocktail-Partys, ins Theater und in vornehme Restaurants ging, um ihr zu imponieren, und sie für sich zu gewinnen. Da dies aber nichts half und die Frau sich auch nach Wochen nicht verführen ließ, verabredete er sich nicht mehr mit ihr.

„Warum rufst du denn nicht mehr an, hast du kein Interesse mehr an mir? Sag jetzt bloß nicht, du gehst jetzt mit anderen Schlampen aus! Das sind doch billige Huren, die wollen nur dein Geld!"

„Doch, das kommt daher", antwortete der Mann, „weil die von dir als Huren bezeichneten Frauen mir für das verpulverte Geld auf eine gewisse Art dankbarer sind, als du es je warst."

Oder anders gesagt: „Weil die Huren mir für mein Geld etwas geben, was du mir wegen deiner prüden, moralischen Art nie gegeben hast."

Der Springer im Schach

Von Gotthold Ephraim Lessing

Zwei Knaben wollten Schach ziehen. Weil ihnen ein Springer fehlte, so machten sie einen überflüssigen Bauern durch ein Merkzeichen, dazu.

„Ei," riefen die andern Springer, „woher, Herr Schritt vor Schritt?"

Die Knaben hörten die Spötterei und sprachen: „Schweigt! Tut er uns nicht eben die Dienste, die ihr tut?"

Die Sex-Variante von Siggi Selector:

Eine Frau jammerte ihrem Ehemann stets vor, dass sie Kopfschmerzen hätte und daher keinen Sex machen könnte. Der Quengelei leid, nahm er eine andere Frau in sein Bett.

„Hey", rief die Ehefrau, „Deine Ehefrau bin ich!"

Der Mann aber entgegnete: „Schweig! Tut sie mir nicht eben die Dienste, die du tun solltest?"

Der Fuchs und der Storch

„Erzähle mir doch etwas von den fremden Ländern, die du alle gesehen hast", sagte der Fuchs zu dem weit gereisten Storche. Hierauf fing der Storch an, ihm jede Lache und jede feuchte Wiese zu nennen, wo er die schmackhaftesten Würmer und die fettesten Frösche geschmaust.

Das war von Lessing, jetzt von Selector:

Der Ehemann und der Junggeselle

„Erzähle mir doch etwas von den fremden Ländern, die du alle gesehen hast", fragte der Ehemann einen Freund, der ein weit gereister Junggeselle war.

Hierauf fing der Single an, ihm jedes Land und jede Stadt zu nennen, wo er die schönsten, willigsten und billigsten Frauen im Bett gehabt hatte.

In jener Nacht schlief der Ehemann unruhig. Im Traum erstach er den unmoralischen Junggesellen.

Als er aufwachte, lag seine Ehefrau tot neben ihm, erstochen, in ihrem Blut. Freud'sches Versehen.

Der Falke

Fabel von Gotthold Ephraim Lessing

Des einen Glück ist in der Welt des anderen Unglück. Eine alte Wahrheit, wird man sagen. Die aber, antworte ich, wichtig genug ist, dass man sie mit einer neuen Fabel erläutert.

Ein blutgieriger Falke schoss einem unschuldigen Taubenpaare nach, die sein Anblick eben in den vertrautesten Kennzeichen der Liebe gestört hatte. Schon war er ihnen so nah, dass alle Rettung unmöglich schien, schon gurrten sich die zärtlichen Freunde ihren Abschied zu.

Doch da wirft der Falke einen Blick aus der Höhe und wird unter sich einen fetten Hasen gewahr.

Er vergaß die Tauben, stürzte sich herab und machte diesen zu seiner besseren Beute.

Glück und Unglück.

Parabel von Siggi Selector

Des einen Glück, des anderen Unglück.

Ein Mann hatte eine Ehefrau, sie wurden gemeinsam älter. Irgendwann hatte die Frau keine Lust mehr auf Sex, und auf ausgefallene Spielchen erst Recht nicht. Da ging er in den Puff und ließ sich von jungen Sexdienstleisterinnen beglücken.

Seine Frau fand das heraus und fühlte sich gekränkt. Sie reichte die Scheidung ein und warf ihren Mann aus der Wohnung.

Seitdem lebt die alte Frau unglücklich, einsam und alleine, aber die Huren und der Mann sind glücklich.

Der Stier und das Kalb
Fabel von Gotthold Ephraim Lessing

Ein starker Stier zersplitterte mit seinen Hörnern, indem er sich durch die niedrige Stalltüre drängte, die obere Pfoste.

„Sieh einmal, Hirte!" schrie ein junges Kalb, „solchen Schaden tu ich dir nicht."

„Wie lieb wäre mir es", versetzte dieser, „wenn du ihn tun könntest!"

Der Macho und der Softie
Parabel von Siggi Selector

Ein grober Macho kann nicht warten, bis er mit seiner Freundin zu Hause ist und bumst seine Tussi bereits auf dem Klo der Kneipe.

„Sieh mal, Liebste", flüsterte der Softie seiner Begleiterin ins Ohr, „So etwas tu ich dir nicht an."

„Wie lieb wäre mir es", antwortete diese, „Wenn du so etwas auch tun könntest."

Der undankbare Mann

Ein lüsterner Freier ging fast täglich in den Puff und ließ sich von den schönsten Mädchen befriedigen. Indem er eine Hure verließ, vernaschte er schon eine andere mit dem Auge.

„Undankbarer Mann", rief ihm Gott zu. „Da vögelst die schönsten Evas, die ich geschaffen habe, gehst aber nie in die Kirche, um dich zu bedanken!"

Der Mann hielt einen Augenblick inne und grunzte zur Antwort: „Ich würde gerne in die Kirche gehen und dir danken, wenn ich mir sicher wäre, dass du diese Frauen extra für mich zu Huren gemacht hast."

Diese Parabel enthält übrigens exakt die gleiche Botschaft wie die Fabel von „Die Eiche und das Schwein" von Gotthold Ephraim Lessing.

Die Frauen der Urzeit

Die Frauen der Urzeit beklagten sich bei Zeus, dass die Männer sie immer vergewaltigten. „Die Schönheit, die du uns gabst, macht die Männer verrückt und sie wollen alle Sex mit uns machen, ob wir wollen, oder nicht. Wir werden dauernd vergewaltigt!"

(Hier müsst ihr Euch das Bild vorstellen, auf dem der Ur-Mann mit Keule in der Hand, eine Frau an den Haaren hinter sich zieht.)

„Liebe Frauen, ich sehe leider keine Möglichkeit, den Männern ihre Lust auf Sex mit Euch zu nehmen. Doch ich sinne, euer Schicksal zu erleichtern. Ich gebe euch die List, von Männern Geschenke gegen wohlwollenden Sex zu erbitten und den Männern gebe ich die Schwäche, all eure Wünsche zu erfüllen, in der Hoffnung, dass sie wohlwollenden Sex von Euch bekommen.

(Muss ich sagen von wem ein ähnliche Fabel ist?)

Der Wunsch nach unkompliziertem Sex

Es war einmal ein Mann, der hatte schon lange keine Frau mehr gehabt und war deshalb auf der Suche nach unkompliziertem Sex, ohne sich vorher bei Dates als treuer, genehmer Mann qualifizieren zu müssen. Also fragte er seine Kumpels, ob diese in ihrer weiblichen Bekanntschaft vielleicht eine Frau wüssten, die gerne Sex macht, einfach so, ganz ohne Beziehungsstress. Aber keiner kannte so eine.

Doch ein Kumpel konnte ihm einen Rat geben.

„Geh doch einfach in den Puff. Da ist eine Straße, da sind Häuser mit Frauen, die stehen an den Fenstern oder an den Zimmertüren und bieten dir für wenig Geld unkomplizierten Sex."

Der Mann befolgte den Rat und ging in den Puff. Und weil es so schön und unkompliziert war, wurde er Stammgast und wenn er nicht gestorben ist, geht er heute noch hin.

Das ist das eine Ende der Geschichte, das kann man jetzt mal auf sich wirken lassen.

Es gibt aber noch eine zweite Variante:

Der Mann befolgte den Rat und ging in den Puff. Da waren junge Mädchen und erfahrene Frauen, dünne und dicke, normale wie das Mädchen von Nebenan, und schöne, so schön wie Fotomodelle. Sie boten ihm außer Bumsen auch Blasen, Wichsen, BDSM, Tittenfick, Analverkehr, und allerlei phantasievolle, erotische (Rollen-) Spiele an.

Der Mann konnte sich kaum entscheiden.

Also entschied er sich, öfter in den Puff zu gehen und alle Frauen und alle Angebote auszuprobieren, zumindest fast alle. Und wenn er nicht gestorben ist. dann ist er noch immer auf der Suche nach der besten Hure, die den besten Sex macht.

Das war das Ende der Fortsetzung der Geschichte.

Auch dieses sollte man mal auf sich wirken lassen.

Nun mit der Tatsache vergleichen, dass es im Bekanntenkreis eigentlich keine Frauen gibt, die einfach Lust auf unkomplizierten Sex haben, ganz ohne Beziehungsstress. Natürlich gibt es Ausnahmen, aber bist du eine Ausnahme oder kennst du eine?

Es gibt noch eine witzige Variante vom Ende der Geschichte:

Der Mann konnte sich kaum entscheiden.

Am nächsten Tag fragte sein Kumpel, wie der Puffbesuch denn gewesen wäre. Der Mann schwärmte von dem großen Angebot der zur Auswahl stehenden jungen Mädchen und erfahrenen Frauen, dünnen und dicken, normalen und schönen und den vielen Angeboten von Bumsen, Blasen, Anfassen etc.

„Und? Für welche hast du dich entschieden?"

„Natürlich für die mit den größten Titten!"

Die Traumfrau

Ein reicher, begehrter Mann hatte drei Freundinnen, die ihn alle liebten und heiraten wollten. Aber er konnte sich nicht entscheiden, eine von ihnen zu heiraten.

Die Schönste sah aus wie ein Model aber war diejenige, die ihn am meisten nervte und sein Leben ändern wollte. Die Zweite akzeptierte ihn zwar, so wie er war, aber sie hatte absolut keine Oberweite sondern eine Figur wie ein Knabe. Die Dritte, mit wunderschönem Busen, war im Bett leider wie eine tote Puppe. Außerdem mochten alle drei ihm keinen Blasen.

Da ging er in den Puff und fand eine schönere Frau als seine Schönste, mit wunderschön großem Naturbusen, die konnte hervorragend Blasen und mehr Sexstellungen als er selbst je erlebt hatte.

Sie diskutierte nicht mit ihm, und nervte nicht.

Eigentlich müsste er diese Traumfrau heiraten, denn so etwas findet man selten im wahren Leben. Aber er muss sie nicht heiraten und für immer an sich binden, denn im Puff findet man viele Frauen wie diese.

Der wartende, brave Mann

Ein braver Mann bemerkte, dass sein unmoralischer Freund ständig viele Nachrichten von unterschiedlichen Frauen erhielt, die ihn alle fragten, wann er sie denn wieder besuchen würde.

„Wieso bekommst du so viele Nachrichten?", fragte er neidisch den begehrten Freund.

„Weil ich WhatsApp nutze!", erwiderte dieser.

Da installierte sich der Mann auch WhatsApp auf seinem Smartphone. Seitdem wartet er leider vergebens, dass ihm Frauen Nachrichten schicken.

Moral in der Stadt

In vielen Städten Deutschlands gibt es sogenannte Sperrgebiete, in denen keine Prostitution angeboten werden darf. Das soll dem Schutz der Moral dienen oder warum auch immer, ich verstehe jedenfalls nicht, warum man vor dem Angebot für Bezahlsex geschützt worden sollte.

Meist ist die ganze Stadt ein Sperrgebiet, außer eine abgelegene Straße oder ein Gewerbegebiet.

Ziel der Bestimmung von Sperrgebieten ist, dass die Ausübung (des übrigens ansonsten anerkannten Berufes) sozusagen nur dort erlaubt ist, wo keine braven Familien mit Kindern wohnen, die mitkriegen könnten, dass da Frauen sind, die häufige Männerbesuche erhalten. Oder damit brave Familienväter wegen dem naheliegenden Angebot nicht zu oft aus Gelegenheit zum Sonderangebot greifen statt zur Ehefrau.

Ich glaub, das ist der Grund.

1981 erschien ein Lied, das besang eine fiktive Prostituierte namens Rosi, die sich über die Verbote der
Stadt München hinwegsetzte. Sie arbeitete als Callgirl und inserierte mit ihrer Telefonnummer.

Das Lied machte sie quasi zur deutschen Volkshel-
din. Im Lied wurde ihre Telefonnummer gesungen.
32 16 8 wurde die berühmteste Telefonnummer
Deutschlands.

Noch heute jubeln Partygänger der Rosi zu, und am
26. April 2018 sang Metallica live in der Münchner
Olympiahalle das Lied. Welches Lied?

Wikipedia:

"Skandal im Sperrbezirk" ist ein Lied der bayeri-
schen Rock-'n'-Roll-Band Spider Murphy Gang" aus
dem Jahr 1981.

Skandal im Sperrbezirk entstand im Kontext der
Neugestaltung des Münchner Sperrbezirks. Bereits
anlässlich der Olympischen Sommerspiele 1972

war eine strengere Sperrbezirksverordnung erlassen worden. Nachdem die CSU 1978 die Mehrheit im Münchner Stadtrat errungen hatte, war die Sperrbezirksverordnung 1980 nochmals deutlich verschärft worden. Unter dem seinerzeitigen CSU-Kreisverwaltungsreferenten Peter Gauweiler wurde dann ab 1982 eine strenge Überwachung der Verordnung eingeführt, mit der die offene Prostitution weitestgehend in die Stadtrandbereiche verdrängt wurde. Gauweiler ging gegen Sex-Clubs, Peepshows und Gaststätten zweifelhaften Rufs vor. Er hatte sich zum Ziel gesetzt, „scharfen Sex" aus München zu verbannen. Infolgedessen war fast im gesamten Münchner Stadtgebiet Prostitution jeglicher Form verboten, nicht nur auf der Straße, sondern auch in Wohnungen oder Hotels. Straßenstrich-Bereiche verlagerten sich dadurch vor die Tore von München.... So entstand der Liedtext (Teil des Refrains): „Und draußen vor der großen Stadt stehn die Nutten sich die Füße platt."

Ihr wisst was ich meine?

Ein ganzes Volk kennt das Lied, findet es toll, alle kennen die Telefonnummer des Callgirls und singen das Lied auf jeder Party, wo es gespielt wird.

Alle finden es toll, dass die Rosi sich über die Sperrbezirksverordnung der Stadt München hinwegsetzt und ihre Liebedienste frech in der Zeitung inseriert. Alle singen: „Unter 32 sechzehn, acht, herrscht Konjunktur die ganze Nacht".

Aber wenn ein Mann zu einem Callgirl geht, dann wird er es meist heimlich machen und will nicht, dass seine Arbeitskollegen darüber reden, dass er für Sexdienstleistung bezahlt. Und das Callgirl traut sich auch nicht, ihrer spießigen Verwandtschaft zu erzählen welchem Beruf sie nachgeht.

Obwohl "Skandal im Sperrbezirk" 1981 zum erfolgreichen, beliebten Schlager-Kulturgut wurde, ist es unserer Gesellschaft bis heute noch nicht gelungen, Frauen wie Rosi und ihre Kunden so zu akzeptieren, wie Lesben und Schwule per Gesetz akzeptiert werden müssen. Lies den Satz bitte nochmal.

Du bist kein Engel

Poesie oder Songtext von Siggi Selector

Die braven Leute tun dich hassen,
du bist ne Schande für die Stadt.

Verführst die Männer, ohne sie zu lieben,
Du machst sie glücklich doch nur für Geld.

Du bist ne Hure, ja das bist du,
und ich bezahl für deine Liebe.

Deine Schönheit, die kann ich haben,
An deinem Busen, darf ich mich laben.

Die Spießer wollen dich verjagen,
Du bist ne Schande für die Stadt.

Du gibst den Männern, das was sie wollen,
Drum wolln dich alle, was sie nicht sollen.

Bist keine Zicke, die nur rum zickt,
Sondern ne Frau, die ehrlich fickt.

Du bist kein Engel, ja das weiß ich,
doch der Himmel hat dich geschickt.

Millionen rote Rosen

Der bettelarme Künstler

1918 starb der Maler Niko Pirosmani an Unterernährung und Leberversagen. Zuvor hatte er drei Tage lang krank und hilflos in einem Keller gelegen.

Schon einige Jahre vor seinem Tod war er obdachlos geworden und lebte im Bahnhofsviertel von Tiflis, der Hauptstadt von Georgien.

Originaltext Wikipedia: "Seinen Lebensunterhalt bestritt er mit dem Malen von Kneipenschildern und Gelegenheitsarbeiten. Er tauschte seine Gemälde in den Kaschemmen gegen Essen, Trinken oder einen warmen Platz zum Übernachten ein." (Ende Wikipedia-Zitat)

Er war in die Armut geraten, weil er sein ganzes Vermögen in den Kauf roter Rosen investiert hatte, um die französischen Sängerin Margot de Sèvres zu erobern.

Nach seinem *"Rosenabenteuer"* malte er das Bild einer Frau, und nannte es "Die Schauspielerin Margerita", denn Margerita war der Künstlername der Französin Margot.

Dieses Gemälde hängt heute zusammen mit anderen Bildern von ihm in der Georgischen Nationalgalerie in Tiflis.

Wie viele andere Künstler wurde leider auch der Maler Niko Pirosmani erst nach seinem Tode berühmt. Bilder, die er früher gegen eine Mahlzeit tauschte, sind heute wertvolles Kulturgut Georgiens.

Sein Porträt ziert sogar eine Banknote Georgiens.

Quelle:

https://de.wikipedia.org/wiki/Niko_Pirosmani

Die Melodie des Rosenliedes

1981 hatte Raimonds Pauls zu einem Text von Leons Briedis das Lied namens "Dāvāja Māriņa" komponiert. Das Lied wurde erstmals in Lettland bei einem Festival namens Mikrofona von Aija Kukule und Līga Kreicberga vorgetragen.

Hier ein Link zu einem Video bei YouTube: www.youtube.com/watch?v=NiNtRoHu3VQ

"Dāvāja Māriņa" wurde sofort ein Hit und von mehreren Künstlern nachgesungen.

Eine der krassesten und modernsten Versionen ist die Interpretation des Lettischen Rappers Ozols, hier ein Live Auftritt bei einem Musikfestival für die Jungend:

www.youtube.com/watch?v=usVrkkTRbO4

Latvian rapper Ozols sings in Latvian Youth Song Festival - "Dāvāja Māriņa".

Das Rosenabenteuer im Song

Andrei Andrejewitsch Wosnessenski war ein russischer Dichter und Schriftsteller. 1982 schrieb er zu der nun sehr bekannten Melodie von Dāvāja Māriņa einen neuen Text und nannte das Lied:

"Миллион алых роз" sprich: "Million alich ros", engl.: "Million Scarlet Roses", deutsch: "Millonen scharlachrote Rosen".

Der neue Songtext ist eine Hommage an die Geschichte des Georgischen Malers Niko Pirosmani, der einst sein ganzes Vermögen für den Kauf von roten Rosen opferte, um die französischen Sängerin Margot de Sèvres zu erobern.

Die Russin Alla Pugacheva machte das Lied "Millionen rote Rosen" zu einem Hit in Russland. Das Lied ist ein sogenannter Ohrwurm und wird noch heute von ihr und anderen Künstlern in TV Shows eingebaut, die zur besten Sendezeit ausgestrahlt werden.

Die Russin und das Rosenlied

Die kleine Eckkneipe namens "City West", in der Mittelstraße, nahe dem Puff im Mannheimer Stadtteil "Neckarstadt West" wurde von einem Griechen geführt, der auch Deutsch und Türkisch sprechen kann. Die folgende Geschichte ist aus dem Jahr 2019

Das "City West" ist klein, hat nur vier Barhocker am Tresen und drei Tische, an denen ca. 10 Personen sitzen können. Internationales Publikum anwesend.

Ein halber Liter kaltes Bier aus der Flasche kostet nur zwei Euro, ein Kaffee nur ein Euro.

Nur 100 Meter entfernt ist das Rotlicht mit seinen Kneipen und Bars, wo für ein Bier 5 Euro verlangt werden.

Im City West kann man zuweilen eine blonde Russin treffen, die eine moderne, kecke Kurzhaarfrisur trägt. Zusammen mit ihrem schlanken Körper entspricht ihr Erscheinungsbild nicht dem einer fast fünfzigjährigen Frau, die sie eigentlich ist.

Die Russin ist die Spinne und das City West ist ihr Netz. Betritt ein Mann die Kneipe und nimmt irgendwo Platz, ist er sofort von der Ausstrahlung der Russin gefangen.

Die Russin nimmt die TV-Fernbedienung, sucht auf YouTube ein bestimmtes Lied und spielt es ab.

Das Lied heißt: "Миллион алых роз" sprich: "Million alich ros", zu Deutsch: "Millionen rote Rosen" Es wird von der Russin Alla Pugacheva gesungen.

Kaum erklingt das Lied, steht die Russin auf, kommt an deinen Platz und reicht dir ihre Hand. Du ergreifst sie und sie führt dich in die Mitte der kleinen Kneipe, schmust ihren Körper an den deinen und singt den melancholischen Text des Liedes, während sie mit dir tanzt und dir tief in die Augen sieht.

Aber das ist nicht alles. Das Lied wird nochmals widerholt und nun erzählt dir die Russin auf Deutsch, mit ihrem russischen Akzent in der Stimme, wovon das Lied berichtet:

Die Rosengeschichte

In Georgien lebte einst ein malender Künstler, der war total verliebt in eine schöne, prominente Schauspielerin und Sängerin. Von dieser war bekannt, dass sie Blumen über alles liebte.

Der Maler wollte die Sängerin erobern. Er verkaufte sein Haus, all seine Gemälde und machte alles Hab und Gut zu Geld. Von dem erlösten Geld bestellte er Millionen scharlachrote Rosen. Sie wurden in der Nacht zum Marktplatz geliefert, und vor dem Hotel ausgebreitet, in dem die Sängerin übernachtete. Mit anderen Worten: Er verwandelte den Platz in ein Meer aus roten Rosen.

Als die Sängerin am Morgen auf den Balkon trat und das Blumenmeer sah, da glaubte sie, dass sie noch träumte, glaubte dass sie verrückt geworden wäre, weil sie nur Rosen sah. Sie erschauderte als ihr bewusst wurde, dass das Wunder tatsächlich Wirklichkeit war: Da waren Millionen von scharlachroten Rosen.

Sie dachte: Das muss ein reicher Mann sein, der so viele Rosen kaufen und so ein Wunder vollbringen kann.

Mitten im Blumenmeer stand der arme Maler, der nichts mehr besaß außer der Hoffnung, dass er mit der Sängerin zusammen kommen könnte. Atemlos schaute er hinauf zu seiner Angebeteten. Und sie erhörte ihn. Es blieb allerding bei diesem einen Treffen. Noch am gleichen Tag, am Abend, fuhr sie mit dem Nachtzug weiter. Zurück blieb der arme Mann, der alles verloren hatte, um einmal mit seiner Traumfrau glücklich zu sein.

Die Geschichte hatte aber sowohl ihr Leben als auch das des Mannes verändert. Der Maler blieb sein Leben lang arm. Aber er lebte von der Erinnerung an das von ihm geschaffene Blumenmeer und was es bewirkt hatte. Auch die Sängerin erinnerte sich ihr ganzes Leben lang an die Millionen Rosen.

Der Geist des Rosenliedes

So wie dich die Russin anschmachtet, während sie dir die Geschichte der Millionen roten Rosen erzählt, kann sie stahlharte Männerherzen zum Schmelzen bringen und eine Rosenverkäuferin, die in diesem Moment die Kneipe betreten würde, könnte wohl ihren ganzen Strauß Rosen verkaufen.

Die Russin wurde polizeilich gesucht. Sie sollte abgeschoben werden, denn ihr 3monatiges Visum für Deutschland war abgelaufen. „Django" wollte sie deshalb heiraten und vor der Abschiebung bewahren. Aber er verstarb leider und es gab keine Heirat.

Sie riskierte jede Nacht, dass sie erwischt wird, aber sie brauchte die Männer, an die sie sich schmuste, um zu leben. Und ihr Traum war es, einen Mann zu finden, der aus Liebe zu ihr sein ganzes Leben verändert. Wie es im Refrain des Liedes besungen wird.

Der Maler ist vor 102 Jahren gestorben. Aber der Geist seiner tragischen Geschichte brachte Leben in die kleine Kneipe, und verhalf der russischen Hure immer wieder zu neuer Kundschaft.

Das Lied „Million Roses" findet man schnell auf YouTube, von vielen Sängerinnen gesungen.

Das russische Original ist von: Alla Pugacheva.

Eine schönes Video ist auch dieses mit deutscher Übersetzung im Untertitel: „Russische Musik: Eine Million scharlachroter Rosen"

Dass man mit Rosen Frauen erobern kann ist tief verankert im kulturellen Bewusstsein der Menschheit. Weltweit ziehen Rosenverkäufer*innen durch Straßen und Kneipen und bieten Männern an, Rosen zu kaufen. Insbesondere denjenigen, die in Begleitung von Frauen sind.

Unvergesslich ist auch die Geschichte des deutschen Playboys Gunther Sachs, der im Jahre 1966 aus einem Hubschrauber mehr als 1000 rote Rosen über dem Haus der französischen Schauspielern Brigitte Bardot abwerfen ließ. Danach waren die beiden verheiratet, immerhin 3 Jahre lang.

Bernd nahm sie von hinten

Nach der Maloche gingen Bernd und ich noch etwas Trinken. Die Bar war gleich um die Ecke. Bernd sah sie als erster. Dann sah ich sie. Wir sahen zu ihr rüber. Wir hatten sie nie zuvor hier gesehen. Stammgast war sie nicht. Dann sah sie uns. Bernd hob sein Glas und prostete ihr zu. Sie hob auch ihr Glas und grüßte zurück.

„Läuft", sagte Bernd und ging auf sie los. Ich folgte ihm. Wir bildeten einen Halbkreis um sie und redeten belangloses Zeug. Sie war neu in der Stadt. In der Pension neben der Kneipe hatte sie ein Zimmer, aber die Miete für heute war noch nicht bezahlt. Die Miete betrug 20 Euro am Tag. Bernd meinte: „Siggi zahlt 10 und ich auch und für die 20 zeigst du uns das Zimmer. Verstehst du was ich meine?"

Sie lachte und sagte: „Wenn mir jeder zwanzig gibt, geht's in Ordnung."

Bernd sah mich an, ich nickte. Wir zahlten die Getränke und verließen die Kneipe zusammen mit ihr.

Am Kiosk kauften wir noch eine Pulle Whiskey und eine Flasche Cola, für in der Pension.

Wir fanden Gläser im Küchenschrank und Eiswürfel im Kühlschrank. Nach der ersten Getränkerunde zahlten wir ihr die 40 Kröten und kamen zur Sache.

Bernd nahm sie von hinten, während sie mich abkaute. Bernd war als erster fertig, steckte ihr seinen Zeigefinger in den Arsch, wackelte damit herum und sagte: „Wie gefällt dir das?" Sie hatte den Mund voll und konnte ihm nicht antworten. Sie blies mich zu Ende. Dann tranken wir ungefähr eine Stunde lang. Dann nahm ich mir ihr Spundloch vor, und Bernd kriegte ihren Mund. Danach ging er zu sich nach Hause, ich zu mir. Ich trank mich in den Schlaf.

* * *

Bemerkung: Ab der Stelle „Bernd nahm sie von hinten" ist der Text nicht von mir, sondern von dem weltberühmten Autor namens Charles Bukowski: Zu finden ist er in der Shortstory „Barfuß" im Buch: „Das Leben und Sterben im Uncle Sam Hotel"

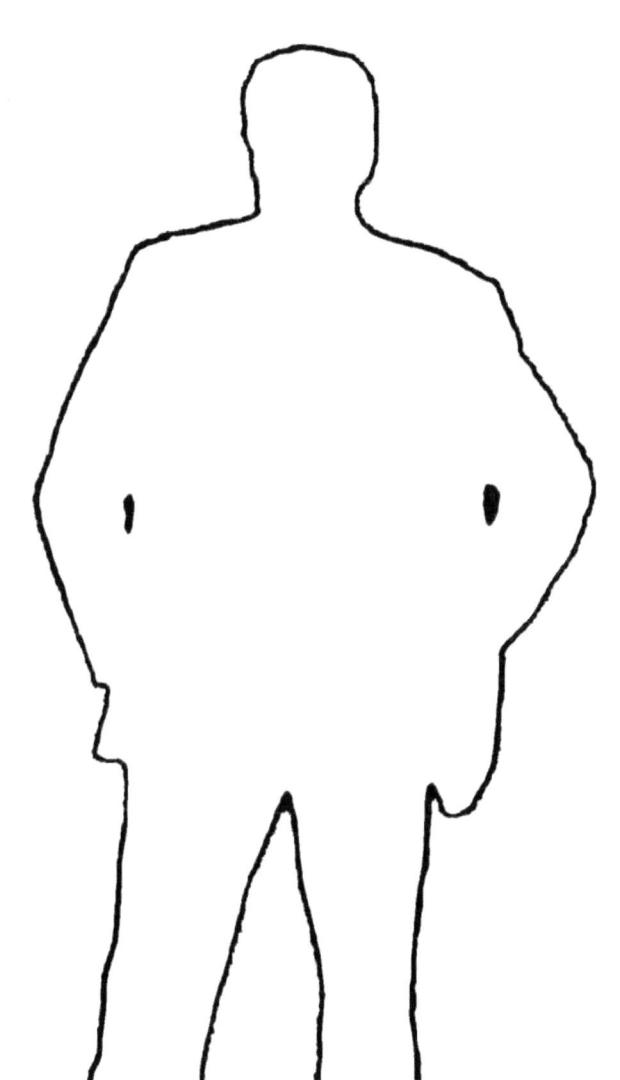

Mehr von Siggi Selector

Hasenjagd im Singlemarkt
Liebe endet mit Liebeskummer, Sex mit Orgasmus

Die Schöne war das Biest
Ein erotisches Rollenspiel mit bösem Ende

Viel Sex für wenig Geld
Das erste Mail im Puff

Sex oder Salsa
Warum tanzen, wenn du Sex willst?

Lustlauf durchs Laufhaus
Alle Treppen führen zum Glück

Traumfrauen im Lotterbett
Im Puff können Märchen wahr werden

Sex mit der Sexbombe
Besser als im falschen Pornofilm

Gruppensex im Lotterbett
Flotte Dreier mit dem Freier

Zwanzig geile Minuten
Zwischen zwei Pils passt noch ein Höhepunkt

Spiel mit der Sklavin
Kleine Klapse auf den sexy Po

Vier Nächte im Rotlicht
Höllenglocken klingen geiler wenn sie Mira heißen

Drei Influencerinnen und ein magischer Ring.
Three Influencers and the Magic Ring

Zwei Schwestern und ein Notfall
Caramba, ein Samba brutal